山鄉巨變

附 錄

上海人民美術出版社

內容提要

本附錄包括以下內容：開篇是作者的創作心得，從選題、生活、表現方法等方面回顧了創作《山鄉巨變》的來龍去脉及其藝術思考。隨之是顧炳鑫、沈鵬、孫美蘭、姜維樸等美術名家的評論文章節選，這些鑒賞文字以平實、流暢的語氣，從不同的角度闡述了《山鄉巨變》的藝術魅力，指出它不愧爲新中國連環畫史上的典範之作。最後附有殘存的《山鄉巨變》第一稿。這近100幅的初稿圖原藏於上海美術館，這次係首次公開出版，彌足珍貴。

舊話重提

——回顧《山鄉巨變》的創作經過

賀友直

■ 開始畫《山鄉巨變》，那是在一九五九年，這本連環畫出版後，我曾寫過心得體會一類的東西，發表在《美術》及《形象探索》上。這兩篇東西手頭已經沒有了，但回憶當時寫的內容及談的問題比較狹窄，甚或不少地方是有錯誤的。我這樣說，並不是現在能寫面面俱到的大文章了。根據我的水平，是寫不好的。不過，我總覺得連環畫雖屬於"小人書"，但是它有不少問題值得探討，而進行這種探討對於提高連環畫的創作水平，肯定是有益處的。所以，我就試圖從選題、生活、創作中的反復、表現方法等幾個方面總結自己的創作體會和經驗。

┃一┃ 選 題

我之所以選上《山鄉巨變》這個題材，因為一讀到這個作品就覺得喜歡。喜歡它所描寫的農村景色那麼真實，描寫的人物那麼細膩深刻，所用的語言又是那麼生動樸素。我童年時候，在浙江農村生活了相當長的一段時間，對於家鄉的一山一水，農民的勞動生活，以及風土人情是比較熟悉的。儘管這部小說所反映的時代背景及地理環境同我小時所生活的很不相同，但是，當我一讀到這個作品，童年時代所接觸到的生活景象就很自然地在腦子裏浮現出來了：大街上用青石板鋪的路，坐在渡船上打趣說笑，走在散落着樹葉的泥路上……我似乎聞到了南方農村特有的泥土氣息。我生活在農村時，整天跟農民的孩子一起打鬧游玩，對於大人們的勞動生活，喜怒哀樂，哪家貧窮，哪家富裕，哪家跟哪家要好，哪家跟哪家不和，即使當時很不懂事，但是我都看到過，有的在我的小腦子裏還多少打上了點烙印。所以，我讀到小説中某些熟悉的人物，某些熟悉的思想語言及舉止行動時，感到非常親切。另一方面，我對於風趣幽默的人物和情節，對於上了年紀的人物的思想感覺，以及他們身上某些舊的殘餘，很容易理解，也特別感興趣。以上是我選中這一題材的主要原因。

另一個原因是，領導上把這個題材定爲建黨四十周年的獻禮書，這對我也起了相當的鼓勵和刺激作用。我選擇題材，一般總是從份量重難度大着眼的。多少年來的創作生活，除了"四人幫"猖獗時期，讓我徹底地清閒了幾年之外，基本上都是在挑重擔、趕任務中度過的。我總覺得，畫便當

小説《山鄉巨變》（上卷）1959年版封面。這部小説以對農村生活生動細膩的描寫，激發了賀友直的創作熱情

舊話重提——回顧《山鄉巨變》的創作經過

的題材，雖然輕鬆，但對自己的提高沒有多大好處。所以，我認爲：凡是好畫的題材，反而難畫；凡是難畫的題材，倒反而好畫。此話怎説？比如一般的認爲打仗的故事，打來打去，場面變化多，好畫。我則認爲，這類題材雖然祇要畫些大動作，構圖變化多些，氣氛强烈些，但是很容易一般化和表面化。因爲有的戰鬥故事僅僅是表現一些場面，對人物的描寫往往不是很深。而有些題材，粗看起來情節好像很平淡，但是它内在的東西很豐富深刻。對這類題材是需要細細咀嚼才能辨出味道，花大力氣方能挖掘到内在的本質。我有這樣的體會：當我抓到題材的主綫，挖到人物思想本質的時候，真是其樂無窮。到達這個程度，我去表現的時候，不但不覺得難，反而得心應手，非常順利了。所以，我認爲難和易是個辯證關係，關鍵在於見了困難是上還是下。我的態度是應該迎着困難上，要有自己給自己出難題的精神。祇有這樣，才能不斷提高自己的創作水平，闖出一條自己的路子。

二 生 活

爲創作《山鄉巨變》這個作品，我兩次到湖南益陽體驗生活。雖然我下去過兩次，加在一起的時間也有四五個月，説老實話，由於自己害怕艱苦，所以，祇是浮光掠影地觀察一點農村的表面現象，根本沒有沉到農民的生活中去，對當地農民的

生活不瞭解,對他們的思想感情更不瞭解。甚至連速寫都畫得極少。因爲,我當時還不懂得怎樣畫速寫。第一册的初稿是在當地畫的,所需要的素材全憑邊看邊記直接畫在稿子上的。

我到生活中去,没有什麽值得可説的經驗和收穫,這是實話。但是,也應説我對農村的生活還是有些瞭解的。這點瞭解,仍然是來源於直接生活及長期積纍。因爲,在童年時期,我有近十年的時間生活在浙江農村,當時在農村所受的事物,現在很多還能記憶得起來,這是我創作農村題材極可貴的素材。尤其是有了這點農村的生活知識的底子。今天到農村去,對不少事物就比較容易理解。一九五八年下放到農村,和貧下中農同吃同勞動了將近一年時間。童年時期生活在農村,看到聽到不少的東西,感性的東西多,但究竟是年幼無知,對生活的本質不能理解的。下放到農村,直接參加了集體勞動生產,也一定程度地參加到農民的生活中去,有了感性的又有了理性的認識。這時,對於農民的生活總算有了一點瞭解。我覺得,下放鍛煉的這段生活相當重要。因爲,它不僅喚起了童年時期的記憶,並且用當時的認識去回顧過去的印象,使原來限於感性的認識,提高到理性的程度了。所以,我認爲打好生活知識的底子是極爲重要的,而生活知識的底子是靠不斷地實踐、認識、積纍,才能豐富、深化和提高的。

舊話重提——回顧《山鄉巨變》的創作經過

連環畫《山鄉巨變》(定稿)中益陽農村頗具特色的民居建築

有同志看我畫畫時,桌子上見不到參考資料,覺得奇怪,問我憑什麽根據能把對象畫得那麽具體。我説:"看在眼裏,記在心裏,就能背得出來,關鍵在於'理解'二字。"

我到農村去,凡是能看的能做的,我都要看一看做一做。對於不懂的東西,在看和做的過程中都要問一個爲什麽,悟出它的道理。祇有這樣,才能記得住,背得出,運用得靈活,畫得合情合理。比如一個地區的房屋建築,都有一定的特點。祇要懂得它的結構原理,格式特徵,收集一定帶有代表性的素材,在創作時,就可以隨意取景變換角度了。

連環畫的主要特點是描繪故事情節,而故事情節是由人物的相互關係和他們的活動所構成的。所以,它需要表現大量的生活現象。而繪畫的特點恰恰祇是要求以最概括的手法提取生活某個瞬間的片段,形象地揭示生活的本質,這就是要求我們對於某一事物從發生、發展到結束的全過程，即使不能全部親身實踐，但也必須全部瞭解它的每一個細節，記住它運動過程中的每一個形象。比如住在農民家裏，應該瞭解這一家人從早到晚的全部生活內容；住在一個隊裏，應該瞭解這個隊從早到晚的全部生活內容，甚至還包括更廣泛的方面。要熟悉到歷歷如數家珍，要具體到基本上能用畫面背得出來。因爲祇有做到這樣，我們在構思時才能有豐富的想象基礎和選擇情節及動態形象的餘地，否則就會面對一張白紙，冥思苦想而出不了形象。

三 幾經反復

出版社領導決定連環畫《山鄉巨變》爲建黨四十周年的獻禮書，由一位副總編、一位文編室副主任和一位創作室副主任直接抓。對這個作品的要求提得非常明確：要標新立異，要超過本人的原有水平。接受這個任務，壓力是很重的。信心雖然也有，但不知標什麽新、立什麽異，也不知道從哪一方面提高。創作前的準備工作也很一般化。因爲這個作品是反映農業合作化運動的，就讀了一點關於這方面的報道文章；到湖南農村去體驗生活，收獲也很少。對於這個作品應該表現什麽及怎樣表現，事先真是心中無數的。既然如此，爲什麽能畫出這樣效果的作品來。我承認，這個作品有可取之處，但也應該看到，從已出版的第一冊到第四冊，其處理手法是不大統一和穩定的。這個事實可以充分證明，在創作這個作品中應該抓住什麽、追求什麽是不夠明確，或者是不夠準確的。

這部作品的第一冊，推翻了兩次，到第三次才正式定稿，這個過程是相當艱苦的。

在這個作品之前，我畫的東西絕大部份用的是"洋"方法，如《不朽的生命》、《鋼鐵運輸兵》、《楊根思》、《孫中山倫敦蒙難》、《六千里尋母》以及大量從蘇聯小說改編的連環畫，就是如此。

在這之前，我對自己民族的繪畫，不懂也不感興趣。所以，畫第一冊的第一稿時，我仍然採取黑白形式的畫法，祇不過是畫得規矩點，仔細一點而已。用洋的方法和形式去表現一九五三年的中國農村，怎麽能協調得起來。畫出來後，我自己也覺得不行，經過觀摩討論，當然是被否定了。

出版社的領導對這個作品是很重視的，爲了搞好這個作品，要我再次到生活中去。那是一九六〇年的初夏，正是三年自然災害國家最困難的時候。當時我真怕下去，但又不得不下去。抱着這種心情，既不敢沉到生活中去，也無心浸到創作中去，敷衍了事，祇想早點勾好初稿，回到上海。由這種思想指導產生的創作態度，其結果是完全可以預料到的：第二稿又被推翻了。

從這兩次的失敗教訓，以今天的認識來總結，可以歸結爲幾點：一、對每一個作品，或者對一個階段的創作，從規律性上進行總結，這樣可以從實踐中、從優缺點兩個方面得到經驗教訓，提高理論水平和認識能力，使創作水平不斷得到提高；二、對於作品的主題思想，創作之前必須進行認真地研究，表現什麽、怎麽表現是畫好一個作品必須弄清的關鍵問題。不清楚表現什麽，就是立意不明，要畫好作品就沒有根據。沒有巧妙恰當的手法和形式，就不能充分地表達內容，達不到完美的藝術效果，也會使作品大大遜色；三、必須全身心地泡到作品中去。對作品有多少感情，花多少力氣，就會有多少的成果。祇有對作品充滿感情，才能排除各種困難，才會產生"語不驚人死不休"的決心去創新。

一九五九年的上半年，領導調我去畫歷史畫，和一些畫中國畫的老先生在一起，開始接觸到了中國畫。建國十周年的時候，出版了大量的非常精彩的中國畫畫冊。我很喜歡，也買了好幾本。尤其是看到《清明上河圖》、《水滸葉子》、明刊《名山圖》等一些好畫後，覺得這些畫中的人的造型、處理情節和場面的手法太好了。形式又是無比的優美。當時，我還不懂得什麽叫藝術語言，祇知道這些作品都是用綫表現的，綫的感覺素雅乾净，表現

《山鄉巨變》第一稿例圖。使用的是黑白處理手法，即賀友直自稱的"洋"方法

明刊《名山圖》版畫是明代版畫全盛時期中，把傳統的山水畫付諸木刻的不可多得的傑出作品。其畫、刻俱佳，藝術性極強。圖爲其中的《京口三山圖》

《鐵道游擊隊》(上圖)與《山鄉巨變》(下圖)中人物層次近低遠高例圖對照

南方農村會產生清新秀麗的感覺,表現農民的衣着,更能體現民族特色及農民質樸的氣質。原先是用洋的方法、黑白的形式表現的,構圖的方法也是洋的。較多的半身特寫,較多的低視綫和焦點透視,還要考慮明暗、黑白、投影所產生的效果。改成線描後,人物如畫得過大,單憑幾根綫,就會覺得空,畫得過分小,綫的表現力就無從發揮,所以多數採取中景。我看到中國的人物畫,明代小說的版畫插圖中的人物,除肖像外,形象基本上都是完整的,即使出現半身,它也是利用別的物體加以遮隔,仍然給人以完整的感覺。我在創作中吸收了這一傳統的方法。在構圖上採取散點透視同焦點透視相結合的方法,並且較多地採用高透視取景,將人物儘可能處理在畫的下半幅部位,留出較多的上半幅部位畫後景,通過對景的多層次處理,可以使畫面產生較大的深遠感。這一方法,是從《鐵道游擊隊》中學到的。我發現它上面的人物,前後層次交代得清清楚楚。因爲近低遠高,不會發生前面人的頭遮沒後面人的臉的情況。中國畫的畫面處理,有虛有實,虛中有實,這樣的手法,不僅主題突出,並且意境深遠。應野平老先生教導我說:"中國畫的構圖,就是對立統一,橫和直,長和短,大和小,黑和白,高和低,虛和實,輕和重,動和靜,爭和讓等等無數的對立物統一在一個畫面上,產生豐富的調子、深遠的意境和優美的形式。"應老的一席話,使我茅塞頓開,大有啟發。我對於陳老蓮的人物畫,是極爲欽佩的。他畫的《水滸葉子》中人物的形,採取誇張變形的手法,充分體現了人物

舊話重提——回顧《山鄉巨變》的創作經過

《水滸葉子》共40圖,明人陳洪綬(又名陳老蓮)作,爲製作紙牌(葉子)所用。其畫大量運用銳利的方筆直拐,綫條的轉折與變化十分強烈,充分體現了人物的性格。圖爲其中的《雙鞭呼延灼》圖

《山鄉巨變》(定稿)中的人物變形例圖。作者通過誇張手法,將亭面糊和龔子元這兩個社會經歷不同、性格各異的人物在飯桌前的不同表現刻畫得鮮明生動

的性格。從中,我懂得了對於人物的整體外形的處理,是關係到人物性格的表現及形象的藝術魅力的;它的裝飾性的衣褶結構組織,使人物形象格外感到優美。我學習了這些優秀的民族傳統,吸取了這麼豐富的養料,在創作實踐中經過兩次反復,總結經驗教訓,丟掉了以往的一套方法和形式,按民族傳統的路子重新起稿,勾出了一部份的鉛筆稿後,有關領導一看,話雖祇說了一句"這樣上路了",但很肯定。到此,連環畫《山鄉巨變》總算是定型了。

四 表現方法

連環畫《山鄉巨變》共出版了四冊。已出版的四冊,表現方法和形式是形成了,但仍在變化摸索之中。第一册的手法老實規矩。畫第二册時,聽人勸說要我變,我自己也認爲應該求變,因之這本東西是處於從老實到不老實的過程中的產物,所以顯得有點"夾生"。第三册是變得比較厲害的,人物的誇張變形過了頭。關心我的同志提醒我,不要走過了頭,到畫第四册時,開始收斂,想回到老實這條路上來,這是創作這四本稿子時的思想演變。

一個作品的表現方法,是由內容決定的,反過來它

《山鄉巨變》第一稿(右圖)與定稿(下圖)的人物場景對照之一

舊話重提——回顧《山鄉巨變》的創作經過

《山鄉巨變》第一稿（左圖）與定稿（下圖）的人物場景對照之二

是為內容服務的。所以，它要求形式和內容儘可能地完美和統一。第一冊的前兩稿被否定，完全是由於所採取的手法和形式不適合這個主題內容的要求。這個故事發生在山明水秀的湖南農村，描寫的是一個鄉裏的幾家農戶對於合作化運動所持的不同態度以及所發生的事情。這個變革當然是巨大的，引起的反應和波動也是相當強烈的。但終究是農民內部進行的一場革命，又是採取自我教育的方式，矛盾的性質儘管也是相當複雜深刻，但表現出來的形態還是比較平

舊話重提——回顧《山鄉巨變》的創作經過

静的。作者用清秀的筆墨描寫場面景色，以親切樸素的語言講這個故事，因此，整個作品給人以質樸秀潤的感覺。對於這樣一種主題思想、情調意境的作品，以現在表現出來的方法和形式，是比較恰當的。但是，現在採取的表現手法和形式，並不是事先根據我在生活中的感受，認真研究了原著，經過深思熟慮所產生的，而是碰了幾次壁，學習了傳統之後啟發而得的。

創作一本連環畫，除了如何理解主題思想這一根本問題外，

《山鄉巨變》第一稿（上圖）與定稿（下圖）的景物對照之一

在技術方面的根本問題是什麽呢？我認爲就是表現方法。表現方法包括哪些方面呢？我認爲是：内容的處理手法、造型的手法、構圖方法、表現形式。這幾個方面應該力求統一，而起決定作用的則是表現方法。爲什麽説表現方法是起決定作用的呢？因爲上面提到的幾個方面的手法是包括在一個表現方法之内受它的支配的。比如説，對一個作品採取寫實的表現方法，那麽從構圖、造型、内容情節的處理到形式都必須服從於寫實的要求。如果去表現一個虛構幻想的神話故事，仍然採取寫實的表

《山鄉巨變》第一稿（上圖）與定稿（下圖）的景物對照之二

舊話重提——回顧《山鄉巨變》的創作經過

現方法，就不能引起讀者豐富的想象。所以，我要再强調一句：表現方法是根本的，其他所有方面都要統一於表現方法。

連環畫的題材是多方面的，情節内容也是千姿百態的，既然什麽樣的題材内容，要求採取什麽樣的表現方法，那麽，它們之間是否有一定的"配方"，或者有"對號入座"的格式可循呢？我認爲，内容和表現方法之間，祇能説是比較相適應的關係，絶對不能作硬性的規定，因爲即使表現方法對頭，還要看你處理得是否巧妙，如果處理不好，效果仍然是出不來的。

我的體會就談這些，肯定會有不妥當及錯誤之處，希望同志們批評指正。

摘自《連環畫論叢》第一輯（本次使用時作了部分删節）

《山鄉巨變》點評選登

談連環畫《山鄉巨變》繪畫的成就

顧炳鑫

　　從《山鄉巨變》這個作品來看，作者在形式風格的探索上已有了門徑。無論線條的運用、構圖佈局的處理都予人清晰明快、乾淨利落、面目煥然一新的感覺。在線條的運用上，作者曾經下過一番苦功，放在案頭經常細細揣摩的是像《清明上河圖》等一些優秀傳統作品。比如在山石的表現上，作者採用了明、清版畫中的皴法；對各種樹木的描繪，一方面借鑒了傳統的各種枝幹和夾葉的勾描，又考慮連環畫篇幅多、在表現上既要概括又要寫實的特點，而有所捨取。在大的景色和氣氛渲染上，作者同樣用各種綫的組織，結合構圖章法，處理得疏密相間、層次分明。如第1、2幅介紹水市風光，檣桅林立，繁榮昌盛；山區一大片水田，景色優美，肥沃富饒。在第84、112這兩幅中，作者運用綫的組織，還表現了晨曦朝霧、夕陽斜照那種輕紗似的空氣感，給畫中人和讀者都帶來了清新爽朗的氣息，達到了寫人、寫事、寫情又寫景的境界。對於人物的勾描雖略遜於景的描繪，但也做到了寫形寫神的要求。

摘自《美術》1961年第4期

好小說好連環畫

永義

　　這本連環畫，不但把原作中的故事情節和人物形象再現在畫面上，而且在藝術形式和表現手法上，大量吸收了明、清版畫的傳統，創造了具有民族氣派的新風格，受到各方面的好評。不少人認爲這本連環畫突破了作者原有的創作水平，是最近一個時期比較優秀的連環畫之一。

　　翻開畫册，便是一幅幅古典小説綉像形式的人物素描：年輕幹練的鄧秀梅、淳樸敦厚而有原則的李月輝、性子火辣的陳大春。由於作者在人物塑造上下過功夫，幾幅簡單的人物素描，對讀者理解整本連環畫起着提綱挈領的作用。這是一種適應群衆欣賞習慣的形式。接着連環畫以鳥瞰的構圖，波濤壯闊的氣勢，展現了江南山明水秀的自然景色。隨着畫幅的延續，人物一個個登場，故事也逐漸引向高潮。二百多幅畫面，一氣呵成，層次井然，達到寫人、寫事、寫情又寫景的藝術境界，給讀者留下美好的印象。

　　細節的描繪入微，也是連環畫比較出色的地方。這些細節的出色描寫，增加了畫面的連續性，使許多人物複雜的思想感情都有了細膩的描寫。如劉雨生的愛人張桂貞要和他離婚的許多場面，以及許多表現鄧秀梅精明幹練的畫面，在細節描繪上別出心裁，有許多獨到之處。

摘自《新民晚報》1962年2月15日第2版

《山鄉巨變》點評選登

努力創造農村新人的形象

沈鵬

《山鄉巨變》就每個主要角色的出場來説，都是經過精心安排然後確定下來的。年輕的縣團委副書記鄧秀梅，一開頭就畫她耐心細緻地傾聽亭面糊"竹子歸公"的糊塗言論，接着又畫她幫助年輕姑娘挑水，通過這些有特徵性的情節，表現她的幹練、深入群衆。故事中的民兵隊長陳大春，熱情積極又有點粗魯，他第一次露面就是當着李月輝和鄧秀梅談話的時候"衝"進屋裏來的。接着他意識到自己在生人面前的粗魯而有點不安，終於耐下性子來談話。互助組長謝慶元有驕傲自滿情緒，他第一次出現在同鄧秀梅見面的場合，他的神氣顯出，鄧秀梅在他眼裏祇不過是一個普通女孩子而已，因而表示不屑一顧……畫家一方面讓他筆下的角色一出場就顯得有性格，引人注目，同時又通過人物相互間的關係使每個角色的性格逐漸完整、豐富起來。"一臺無二戲"，畫家總是力求使每個具體情節緊緊圍繞主題而開展，在每幅畫面上，力求做到不孤立地表現人物性格，使這一幅畫上的人物性格成爲前一幅的繼續，同時又在一定的情勢下有所發展。如果在一幅畫上有幾個人物同時出現，畫家常常能够細膩地刻畫出每個人物在特定情勢下的精神狀態和形體動作，並根據"描寫人"的要求來變換視點，交替使用近景遠景中景，使得畫面有波瀾，有起伏，引人入勝。很多人認爲《山鄉巨變》第二册菊咬金打老婆的幾幅連續的畫面畫得生動細緻，其實，首先是畫家對他筆下的這兩個人物在這種特殊條件下的性格理解得透辟，再加上豐富的想象，因而把這場假戲真做"導演"得有聲有色。又如《山鄉巨變》第三册亭面糊去"説服"僞裝貧農的龔子元入社，却被龔子元灌得酩酊大醉，這段情節畫家用十八幅連續的畫面刻畫得淋漓盡致。在寫亭面糊醉酒的最後幾幅裏，畫上的人和物都給人以摇撼的感覺，這種顯然是吸取了電影的表現手法，説明畫家爲着表現豐富的生活內容，多從姊妹藝術取得借鑒，是十分有益的。

摘自《人民日報》1963年6月23日第5版

《山鄉巨變》點評選登

談連環畫《山鄉巨變》的人物刻畫

孫美蘭

連環畫《山鄉巨變》的作者——賀友直緊緊把握文學原著和腳本的精神，一開始就讓鄧秀梅這個黨的工作幹部在群衆中逐漸顯露她的性格特點和作風。第一冊從鄧秀梅下鄉入村，在貧農亭面糊家落戶，直到合作化運動的初次熱潮，我們看到了她工作、思想的各個側面，不由得產生了敬慕和讚賞的心情。

秀梅和淑君初次見面，就幫她挑水，關心她入團的事，燈下談心的一幅，表現秀梅像姐姐一樣親切。當她住到佑亭大伯（亭面糊）家裏，她對待老農又像女兒一樣貼心。她督促大伯去開群衆會，態度是那樣自然，作者安排他們正在一桌吃飯，秀梅神情亮堂謙和，言談間好像一家人。

除了前面提到的兩幅畫，我們可以比較一下在不同情勢、不同人物關係中的鄧秀梅。一是在互助組擴大會上休息時，秀梅注意到詭計多端的秋絲瓜正在和戴氈帽的青年悄聲談話，於是疑惑地詢問團支書大春，知道了這青年就是綽號"竹腦殼"的符賤庚，作者着重刻畫了秀梅在靜態中的動勢，暗示她的深思遠慮和政治上的成

《山鄉巨變》點評選登

熟。情節進展到符賤庚在大會上說怪話，破壞合作化運動，引起一場激烈爭執。會場恢復秩序後，秀梅斷定該提防的不是講怪話的"竹腦殼"，而是背後的什麼人。她的鋒利的眼光，穿過群衆直落在埋頭抽烟的秋絲瓜身上。這兩幅畫，在矛盾衝突中把握了人物細微的心理活動，不僅爲以後鬥爭的進一步發展埋下伏筆，也同時揭示了秀梅性格的一個重要方面：敏銳的政治嗅覺，善於依靠群衆。

環繞入社問題，在團支書大春一家展開的思想鬥爭，是連環畫故事中最富戲劇性、最動人的篇幅。秀梅自告奮勇幫助大春動員父親陳先晉入社，可是這個一輩子受窮的老貧農却一心指望單幹發家，把幾塊巴掌大的地當成命根子，一提土地入社，就憂心忡忡。飯桌上的家庭衝突，大春父子兩代人在爐竈邊的談話，老頭子一個人躲在屋裏，手按着小小的文契櫃發呆；深夜，拎着旱烟管在火爐旁獨坐，以至跑到他爹的墳前痛哭。這一系列畫面，通過人物景物的呼應對照，一步步揭示了這個落後農民思想巨變的過程。除了個別畫幅不無敗筆，總的看來，畫家對於陳先晉這一人物的體會是較深的，基本上能夠把握他的性格發展的一貫性和豐富複雜的內心變化。

陳先晉對於入不入社的盤算和自我鬥爭，是由他的生活道路、經歷所決定的，是他的性格合乎邏輯的發展，而就其包含的社會內容來看，又意味着一場巨大的經

濟、政治變革給予小農生產方式、生活習慣的猛烈震動，意味着億萬農民對於自己命運的重新考慮，對於革命前途的慎重選擇。

　　在連環畫中怎樣才不致依賴文字而能以造型語言充分傳達人物的内心狀態呢？又怎樣才不致孤立地刻畫心理而能顯示出它的重大社會意義呢？這確是一個難題。畫家相當成功地處理了這場戲。陳先晉埋下頭，抓住門框，勉强支持住高大的身體，一脚跨過門坎。這欲進又退、欲罷不能的心理狀態，要下決心又難下決心的自我矛盾，通過特定的形體動作和面部表情被揭示出來；而静默和啞場，激化了思想鬥爭又賦予它以深刻的内涵。

摘自《美術》1964年第2期

重讀《山鄉巨變》連環畫

魯丁

　　關於情節的安排，作者也是經過一翻苦心經營的。儘管各個矛盾的發展過程，文字都有所提示，但作爲可視形象的繪畫，畢竟不是文學脚本的形象翻譯。在農業合作化的問題上，引起了秋絲瓜、符賤庚還有陳先晉、劉雨生等人的思想鬥爭和家庭糾紛。其原因祇有一個，那就是土地入社，公和私的矛盾。但在畫面上，在同樣的矛盾面前，各種人物的思想鬥爭和家庭糾紛是那樣各不相同地刻畫出來。例如，陳先晉與他的開墾的山地難捨難分，菊咬金真戲假做，亭面糊醉後失言，劉雨生初探佳秀這幾齣戲，作者導演和表演得多麽出色啊！神態、動作、環境、道具，是那樣地逼真，那樣地令人信服，這個人物的活動和那個人物的活動，是如此自然、妥帖，而不能由另一個人來代替。

摘自《連環畫研究》1978年第10期

一位地地道道的連環畫家

吳兆修

一部連環畫，由畫家從可感不可見的文學故事"移植"而成，絕不是按照腳本說一畫一、說二畫二所能奏效的。怎樣既用畫講故事，又不陷於"圖解文字"的窘境，賀友直的經驗是：除了以腳本為依據，準確具體地去描述故事、塑造人物外，還必須根據自己的理解，開掘故事的蘊涵。從生活出發，展開想象的翅膀，合情合理地補充、生發構成特定場景和情境的生活細節。描畫腳本字面上沒有寫，而故事情節發展中却會有，或故事中沒有具體交代，而生活中必然存在的各種細節，從而使經過畫家再創造的畫面，既準確地表達了腳本規定的內容，又顯示出繪畫創作的藝術價值，發揮其不可替代的作用。這種創作"法則"，用賀友直獨特的語言來說叫做"製造情節"和"做戲"。在他的連環畫創作中，正是由於從生活出發，合情合理地"製造"了許多"情節"，"做"了各種各樣的"戲"，他筆下的幅幅畫面才顯得那樣具體豐富，真切生動，耐人品味，使讀者從視覺感官上得到文學描寫不可替代的直觀的藝術感受，欣賞到連環畫藝術獨具的魅力。這裏僅以他的代表作《山鄉巨變》為例，看看他是怎樣運用這一創作法則的。作品第126—129幅，畫的是鄉主任李月輝去上村組組長劉雨生家規勸他那鬧離婚的妻子張桂貞，脚本祇在這四幅之前提到劉雨生擔心妻子與他離婚後孩子受罪，而這四幅文字中并沒有具體寫到孩子。賀友直在這裏却按照生活的邏輯，展開了合理的想象，在孩子身上做了"戲"。他讓張桂貞的兒子幅幅都出場，並以各種神情動態向前來他家的李月輝表示親昵。這一"做戲"的結果，不僅表現了孩子因父母不和失去家庭歡樂的孤寂，為前面提到的劉雨生的"擔心"作了呼應，並通過孩子敢於上前與鄉主任親熱這一舉動，反映了李月輝平時與群衆的親密關係。人物關係和增添生活氣息，都是富有表現力的視覺語言，使讀者在欣賞這段內容時，看到的不祇是單一的文學描寫，而是經過再創造的完整的可視的連環畫藝術。當然，要說"做戲"，在這部代表作中做得最出色的，莫過於久負盛名的那個片段，即老貧農亭面糊到心懷鬼胎的龔子元家動員他入社那一節。畫家面對近20幅場景不變、祇有人物對話的"呆滯畫面"，緊緊抓住龔子元為從亭面糊口中套出一點"消息"而設下的請酒、灌酒、醉酒之計，大做"文章"。但"文章"的做法並不是"胡編亂造"或"無病呻吟"，也不是無可奈何、枯燥乏味地去畫那些"講講、立立、坐坐"的所謂人物動態，而是悉心揣摩兩人隨着談話內容的發展和酒性發作後引起的不同心態，反映到面部表情和形體上的一舉一

《山鄉巨變》點評選登

動，從而賦予它們充分的內心根據和各自應有的"潛臺詞"，使這些轉化爲視覺形象的神情動態，以至醉眼看到的房屋等等，既是豐富多彩的，又是真實貼切的，既顯示了人物性格，又合乎生活常情。同時，畫家在這裏還"製造"出一個在脚本上沒有具體寫到，而在情理上却必然在場的龔子元老婆，突出描繪了她跑前顛後聽到兩人談話後種種隱蔽不住的詭秘神色作爲陪襯和呼應，使它既活躍了畫面，又增添了故事的戲劇色彩。畫家就是這樣運用"製造情節"和"做戲"的創作法則，成功地刻畫了兩個可視的連環畫藝術形象——憨厚糊塗的亭面糊和老奸巨猾的龔子元。並且突破了連環畫的常規"禁忌"，把人物活動始終局限在屋內喝酒談天達17幅之多的畫面，處理得不僅不覺單調，反而有戲可看。因而多少年來一直爲讀者和同行津津樂道，甚至視這段精彩的"做功戲"爲連環畫創作中的"絕唱"。這些藝術效果的取得，簡而言之，不能不歸之於畫家獨具的上述的創作功力。

由此看來，懂得要用畫講故事，又善於用畫講故事，就是賀友直的連環畫所以地道、所以"好看好懂又有嚼頭"的關鍵所在。

摘自《連環畫藝術》1989年第3期

《山鄉巨變》點評選登

賀友直和連環畫《山鄉巨變》

姜維樸　王素

在這部作品中，賀友直緊緊把握文學原著生動的故事情節，塑造了一系列有血有肉、活靈活現的人物形象。如年輕有爲的女幹部、青年團縣委副書記鄧秀梅，淳樸敦厚的鄉支部書記兼農會主席李月輝，性情暴躁的團支書兼民兵隊長陳大春，風趣、詼諧、糊塗而又略帶狡黠的諢號"亭面糊"的老貧民盛佑亭，忠於集體事業的互助組組長劉雨生，以及活潑可愛的女青年盛淑君等人。畫家都賦予他們有個性的外貌特徵和精神狀態。對鄧秀梅和盛淑君這些女青年的刻畫，細膩而不矯揉造作；對亭面糊的刻畫，做到有誇張而又不歪曲醜化。

亭面糊這個人物形象，是這部作品中塑造得最爲成功的。儘管原著對這個人物的塑造也是很生動的，但從文字描寫，變成繪畫的可視形象，畫家還是要花很大功夫的。特別是要通過外在形象反映出人物的內在性格，更非易事。賀友直曾說："我認爲，構成形象的每一個局部都必須明確和準確地說明描繪的人物性格、階級屬性和社會地位等特徵。"又說"在處理人物的動作表情時，既要追求描繪心理狀態的準確性，又要追求表達情節的明確性。也就是説要求融心理與情節於一體之中"。賀友直筆下的亭面糊所以能使人一看便知道是小説裏寫的那個樣子，就是由於畫家比較準確地抓住了人物性格、階級屬性和社會地位等特徵，通過對人物各種狀態下的外形描繪，來顯示人物內在性格的緣故。他那微駝的後背，稍彎的羅圈腿，走起路來一歪一歪的神氣，一看便知道這是一輩子肩負重擔、艱苦生活所造成的畸形軀體；再看那包頭布下可親的臉上，眯着的一雙細眼，上彎的嘴角上經常堆着笑意，對什麽事都缺乏鮮明的態度，面面糊糊的。他擁護合作化道路，也出席研究合作化的會議，但對會上發生的爭論却又漠不關心，如第一册57—59幅，會上人們爭論得快吵翻了天，恰在這時從後房傳來一陣粗大的鼾聲，待人們循聲找去，原來是他在牀上，把腦殼枕在手臂上，睡得正熟。陳大春把他喊醒，他大吃一驚，一邊揉眼睛，一邊問："什麽事？"好半天才記起正在開會的事。還自我寬慰地説："昨夜裏没睡好，真是一夜不眠，十夜不醒。"那手足無措囁嚅憨笑的窘態，真是妙趣橫生（圖103、104）！

賀友直在這部作品中對其他幾個人物的塑造，也很善於抓住人物的特點，如劉雨生這個農村幹部，並没有採取特寫手法，但是把文學作品中的形象具體化了。作者抓住他眼睛的特徵，令人一看就知道他是近視眼，一給人以樸實、厚道的感覺，使這個農村基層幹部在讀者心中活了起來。

《山鄉巨變》連環畫的成功，一方面由於作者從小生活在江南農村，對原著所描繪的江南農村的景物風貌和各種類型的人物都比較熟悉，畫起來比較順手。更主要的還是由於作者長期努力和辛勤勞動的結果。儘管他本來對江南農村較熟悉，但爲畫這部作品，還曾先後三次下農村體驗生活，對作品曾作四次大的推翻，廣泛徵求意見，不斷進行修改，直到他本人和領導都認爲比較理想了，方肯罷休。因此，當年這部連環畫不僅受到了廣大讀者的喜愛，而且還成爲初學美術者的學習範本和珍貴的藏書，也引起了全國畫壇的注目，人們開始關注賀友直的創作道路及其藝術特色。

摘自《連環畫藝術欣賞》 山西教育出版社1996年5月版

《山鄉巨變》點評還登

山鄉巨變

第 一 稿

说　明

《山鄉巨變》第一稿爲該書第一册的内容，現按圖幅先後順序排列于後，並逐圖注明與本套書第一册（定稿）相對應的頁數，以便讀者瞭解兩者之間的對應關係。

對應本套書第一冊第 ❹ 頁（以下僅注頁碼）

《山鄉巨變》第一稿

第 ❺ 頁

第 6 頁

《山鄉巨變》第一稿

第 7 頁

第 8 頁

《山鄉巨變》第一稿

第 10 頁

第 11 頁

《山鄉巨變》第一稿

第 12 頁

第17頁

《山鄉巨變》第一稿

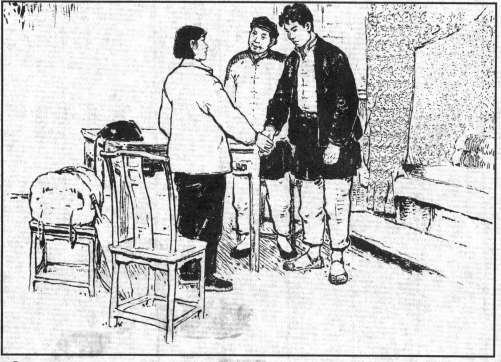

第21頁

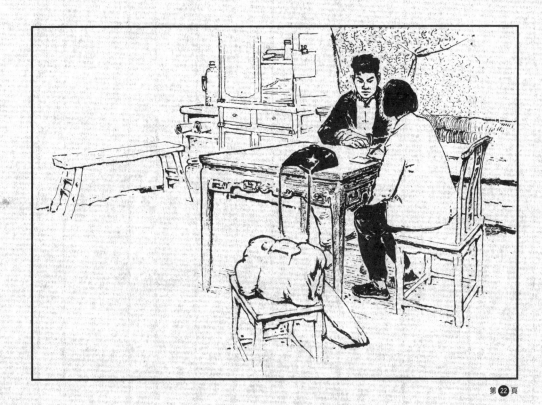

《山鄉巨變》第一稿

第24頁

《山鄉巨變》第一稿

第25頁

第26頁

《山鄉巨變》第一稿

第28頁

第 31 頁

《山鄉巨變》第一稿

第 32 頁

第33頁

《山鄉巨變》第一稿

第34頁

《山鄉巨變》第一稿

第 40 頁

《山鄉巨變》第一稿

第 38 頁

第 43 頁

《山鄉巨變》第一橋

第 44 頁

《山鄉巨變》第一稿

第48頁

第51頁

第52頁

《山鄉巨變》第一稿

第53頁

第55頁

《山鄉巨變》第一稿

第57頁

第 58 頁

《山鄉巨變》第一稿

第 59 頁

第60頁

《山鄉巨變》第一稿

第61頁

第62頁

第63頁

《山鄉巨變》第一稿

第64頁

《山鄉巨變》第一稿

第65頁

第71頁

第72頁

《山鄉巨變》第一稿

第78頁

《山鄉巨變》第一稿

第80頁

第 81 頁

《山鄉巨變》第一稿

第 84 頁

第 87 頁

《山鄉巨變》第一稿

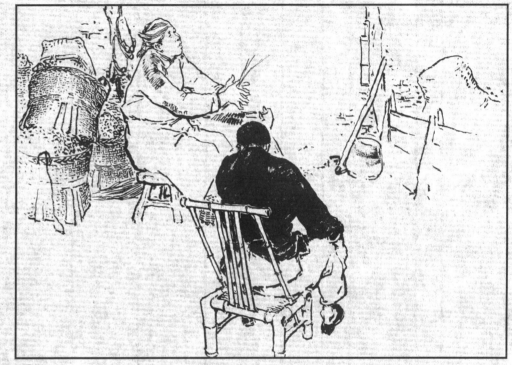

第 88 頁

第 95 頁

《山鄉巨變》第一稿

第 96 頁

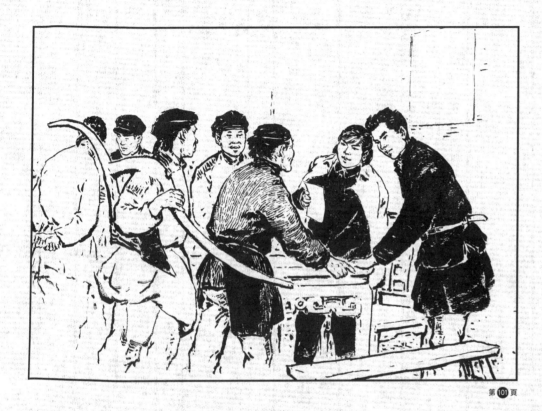

第 101 頁

《山鄉巨變》第一稿

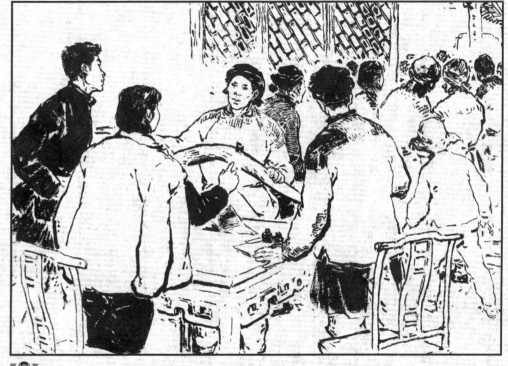

第 102 頁

第103頁

《山鄉巨變》第一稿

第104頁

《山鄉巨變》第一稿

第106頁

第107頁

第108頁

《山鄉巨變》第一稿

第109頁

《山鄉巨變》第一稿

第114頁

《山鄉巨變》第一稿

第115頁

《山鄉巨變》第一輯

第118頁

第120頁

第123頁

《山鄉巨變》第一稿

第124頁

第125頁

《山鄉巨變》第一稿

第126頁

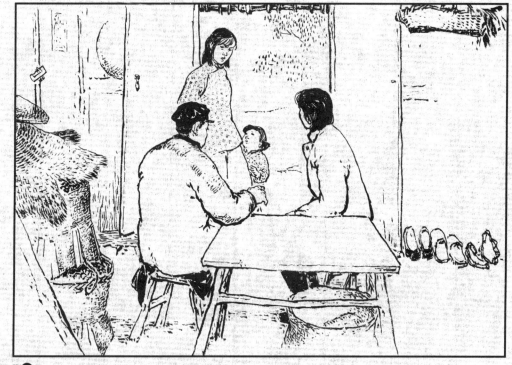

《山鄉巨變》第一稿

第127頁

第128頁

第129頁

第131頁

《山鄉巨變》第一稿

《山鄉巨變》第一稿